경계境界

한국시 115

황금알 시인선 267

경계境界

초판발행일 | 2023년 5월 19일

지은이 | 유자효 외 (사)한국시인협회
펴낸곳 | 도서출판 황금알
펴낸이 | 金永馥
주간 | 김영탁
편집실장 | 조경숙
표지디자인 | 칼라박스
주소 | 03088 서울시 종로구 이화장2길 29-3, 104호(동숭동)
전화 | 02)2275-9171
팩스 | 02)2275-9172
이메일 | tibet21@hanmail.net
홈페이지 | http://goldegg21.com
출판등록 | 2003년 03월 26일(제300-2003-230호)

*이 책은 저작 · 출판권의 보호를 받습니다.
*잘못된 책은 바꾸어 드립니다.
*저자와 협의하여 인지를 붙이지 않습니다.
*이 사업은 한국문학예술저작권협회 2022년 미분배 보상금 사업으로
 발간되었습니다.

경계境界
한국시 115

(사)한국시인협회

황금알

| 발간사 |

허물어야 할 경계境界

유 자 효

올해는 육당 최남선이 1908년 '소년' 창간호에 우리나라 최초의 신체시 "해에게서 소년에게"를 발표한 지 115년이 되는 해입니다. (사)한국시인협회는 그 시사적 의미를 기려 사화집을 출간합니다.

한국시협은 지난 3월 프랑스를 방문해 프랑스시인협회와 상호 교류 협약을 체결하였습니다. 해마다 3월이면 프랑스 전역에서 펼쳐지는 '시인의 봄'행사도 함께 하였습니다. 올해 '시인의 봄' 주제가 "경계Les Frontières"인 고로 동참의 뜻으로 사화집의 주제를 "경계"로 하였습니다.

우리나라는 숙명적으로 남북 분단이라는 '경계'를 안고 있습니다. 또한 인간과 인간 사이, 조직과 조직 사이, 사회와 사회 사이, 나라와 나라 사이에 숱한 경계가 존재합니다. 세계가 전쟁과 각종 분쟁으로 몸살을 앓고 있는 요즈음 '경계'를 허물고 평화를 찾기 위한 성찰이 필요한 시점입니다.

좋은 작품들을 보내주신 회원 여러분께 깊이 감사드립니다. 이번 봄이 회원님들의 시적 영감을 불러일으키는 복된 시간이 되기를 기원합니다.

아울러 출판의 계기를 마련해주신 (사)한국문학예술저작권협회의 지원에 감사합니다.

차 례

발간사 · 유자효(한국시인협회 회장)

말테우리

강영은

말을 방목하는 아침에는 홍옥을 먹고 말을 거두는 저녁에는 황금향을 먹는다. 내가 아는 초원의 빛깔이 다르다는 말, 침묵이 밴 초원에선 과일 익는 냄새가 난다.

풀어 놓은 말들이 울타리를 뛰어넘을까 봐, 재갈 물린 말 속엔 참새들이 드나든다. 말을 돌보는 건 나의 사명. 나의 분복, 재잘재잘 종일 지껄이며 입 다문 나를 흉내 낸다.

탱자처럼 입이 굳어질까 봐, 가시넝쿨 우거진 길과 돌짝밭을 달린다. 마른풀 태우는 바람의 채찍, 말은 말을 버린 짐승처럼 사납게 날뛴다.

영혼의 몸처럼 말랑해진 말을 마구간 안으로 몰아넣는다.

졸음에 지친 말의 등허리를 감싸 안으면 털이 보송한 말잔등에 젖어 드는 슬픔, 내가 키우는 말의 근육이 팽팽해진다.

별도 달도 뜨지 않는 밤, 말 중의 말, 고독이 마중 나온다. 말과 나는 유일한 어둠이 된다. 말과 나 사이 경계가 없어진다.

  영원히 말을 모는 말 속에 영혼을 모는 나는 말테우리*, 말을 방목하는 아침에는 초원을 달리고 말을 거두는 저녁에는 우주를 달린다.

  * 말몰이꾼(제주 방언)

강영은 2000년 『미네르바』 등단. 시집 『상냥한 시론詩論』 외 6권, 시선집 『눈잣나무에 부치는 詩』, PPE(poem, phot, esaay)집 『산수국 통신』 등.

싸락눈

강우식

싸락, 싸락,
쌀알, 쌀알,
눈에서 소리가 난다.

대낮처럼 환한 밤.
내 마음가지에
쌓이는 눈.

제사상에
고봉으로 올린
흰 입쌀밥.

어머니

가시는 길 굶주리지 말라고
밥 한 숟가락 떠서
아기처럼 입에 물립니다.

소자와 어머니 사이에
죽은 자와 산 자의

경계가 세워집니다.

38선보다 더 막혀 있고
만리장성보다 더 아득한
경계입니다.

그립고 보고파도
못 보고 넘는 마음 경계입니다.
이 몸 죽으면 풀릴까요.

눈물이
싸락눈처럼 얼었다
녹는다.

강우식 1966년 『현대문학』 등단. 시집 『백야』 『바이칼』 『마추픽추』 등.

빗방울 하나가 6

강은교

구름은 어느 날
자기의 몸을 열어 빗방울을
출산하였다

참 멀다, 허위허위
뿌리에서 꽃눈까지

강은교 1968년 『사상계』 등단. 시집 『아직도 못 만져 본 슬픔이 있다』 등.

시는 시 너머에서 논다

강희근

시는 단추를 열거나 단추를 떼기도 한다
떼 놓고 바라보다가
더 큰 단추를 달고 그믐이 되기도 한다
그믐이 머금는 것은 그믐보다 더 그믐일 때이다
우리의 크리스마스는 종소리를 내지만
종소리 너머 침묵의 마을과 구름을 건너다본다
침묵은 침묵끼리 살다가 침묵의 노을을 본다
노을은 노을로 타다가 시간을 굽다가 시간을 먹는다
알피니스트는 무엇을 얻으러 오르지 않지만
얼굴이 없는 그 무엇이 되려고 한다
무엇은 그다음의 무엇에 언덕이 되고
바람이 되고 눈비가 된다
바람!
어디서 오는지 보이지 않는, 그리고 어디가 마디인지,
마디는 도마뱀처럼 늘 잘려나가고도 이름 없는
신생의 생명으로 부활한다

시는 팽이일까 돌아도 돌아도 거듭 돌기를 바라는,
아슬 아슬 죽음의 곡예에서
허무하게 죽지 않고

채로써 맞으며 회생하는 놀이
맞으면서 이어가는 마조히스트의 희열,
차라리 날아라 솟아라 줄 풀기 연이다
풀고 풀어 주어야 자유로운 하늘, 하늘이
다시 새 연의 벌이줄을 맨다 떠올라라
아지라운 그 너머로
떠올라라

강희근 1965년 서울신문 신춘문예 등단. 시집 『리디아에게로 가는 길』 등.
평론집 『우리시문학연구』 등.

침묵의 역류를 탄다

곽인숙

잔잔한 물속에
하늘을 접어서 넣으면
물의 파장은 햇살처럼 퍼져나갈까요

종일 내리쬐는 햇살에
서릿발같이 차가운 겨울의
온도가 데워지고 있다

어디서부터 강물은
시작되었을까
생각의 갈피에서 궁금증이 자란다

고요히 흐르는 강물을
바라보면
어릴 적 나와 했던 약속이
미세한 기억으로 흘러
내 몸속으로 흐른다

피멍 든 손톱이 잘려나가듯
흘러가는 것은 흘러가는 대로

살아가는 순리를 이룬다

앞뒤 없는 나날은
의문의 경계境界

강물은 생각만 해도
그리움이 따라 드는데
가끔 혼자가 되고
싶을 때
나는 침묵의 역류를
타기도 한다

곽인숙 2019년 『시와편견』 등단. 시집 『남해로 가는 능내역 기적소리』

역곡천*에서

곽효환

북에서 남으로 다시 남에서 북으로
경계를 넘나들며 흐르는 여름 강을 본다

오랫동안 발길이 닿지 않아서일까
녹슨 철조망 너머로 흐르는 물길 따라
그늘 없는 잡목만 무성하다
꺼병이 여럿 거느린 까투리 종종걸음치고
고라니 한 마리 멈칫하다 후다닥 달아난
고요하고 적막한 인적 끊긴 들녘
바람결에 여름꽃 내음 분분하다

눈 감으니 천렵 소리로 강변이 소란하다

작살 던지고 족대 들이고 투망 던지는
한편에서는 솥을 걸고 불을 피운다
탁족하고 물장구치고 두꺼비집 짓다가
볕 잘 드는 너럭바위 위에
옹기종기 모여 앉은 얼굴이 까만 아이들
젖은 옷가지 말리며 앉아 재잘거리는데
뉘엿뉘엿 여름 해가 기운다

모락모락 밥 짓는 연기 오르면
하나둘 집으로 향하던
마을이 강가 어디쯤 있었을 텐데
이 강물 따라 그 시절로 흘러가고 싶다

* 휴전선 비무장지대 내부를 흐르는 임진강의 지류

곽효환 1996년 세계일보에 시 「벽화 속의 고양이 3」을 발표하며 작품 활동 시작. 시집 『인디오 여인』 등. 저서 『한국 근대시의 북방의식』 등.

구름의 경계

구재기

버릴 것은 버리고
지닐 것은 취하여 보아도
이미 깊어질 대로 깊어져서
경계는 이미 어지럽게 흩어져 있다
고요로이 하나를 이루어
전혀 구별이 없다
어떠한 것으로부터
장애 받은 흔적도 찾아볼 수 없다
때와 장소를 가리지 않고
하늘의 구름은
몸을 자주 바꾸고 있지만
때때로 사이사이 피어올라
허공은 저리도 차고 넘친다
지상은 지금 극심한 봄 가뭄
단비가 내릴 광명이 발하고
광명이 내려야
아직 초목이 잘 자란다는데
하늘과 땅 사이
경계가 보이지 않는다
비 내릴 기미조차

보이지 않는다

구재기 1978년 『현대시학』 등단. 시집 『자갈전답田畓』 『겨울나무, 서다』 등.

포클레인과 새

권달웅

무너진 꿈을 다시 세우는
아파트 재건축 현장
배고픈 사자처럼 아가리를 벌린
포클레인이 으르렁거린다

영하의 강추위 속에서
장작불을 쬐고 있던 인부 몇이
잠시 놓았던 삽을 들고
다시 퍼내 놓은 흙을 고른다

어디서 날아온 솔방울만 한 새 한 마리
점박이 눈을 갸웃거리며
덜컹거리는 포클레인을 피해
요리조리 뛰어다닌다

포클레인과 새 사이
무거운 쇳덩어리와 가벼운 깃털 사이
사나운 이빨과 여린 부리 사이
소음과 노래 사이

무섭게 휘두르는 포클레인 앞에서
생을 찾는 새 한 마리
부러질 것 같은 가느다란 발목이 메밀 대궁처럼
빨갛게 핏빛으로 얼었다

권달웅 1975년 『심상』 등단. 시집 『꿈꾸는 물』 『휘어진 낮달과 낫과 푸른 산 등성이』 등.

경계

김경수

어디가 하늘인지
어디가 바다인지
수평선 저 끝에는 수묵화 한 폭 그려져 있다

바람 요란한 산등성
뒤엉켜 자세가 엉망인 듯한 갈대밭
자세히 들여다보면 성정 좋은 인격체 뿌리 깊게 내리
고 서 있다

북치고 꽹과리 치고
메가폰 소리 아우성치는 혁명의 바다 수십만 인파
저마다 한 자리씩 차지하고 있던 질서정연한 광장

자연은 그대로인데 시대가 바뀐 탓일까?
이른 아침 귀를 찢는 창문 여닫는 소리
사람이 만들어 놓은 저 싸늘한 창틀의 눈초리는
여닫을 때마다 찰진 비명을 내질러 달팽이관을 놀라게
한다

누구일까?

서로 간 인사도 없이 울타리 견고히 치는 바람

보이거나 보이지 않는 수많은 경계
순전한 경계는 질서의 꽃이고
불량한 경계는 악의 꽃이다

오늘 밤도
네 곁에 가고파 서성이지만
가슴에 경계의 꽃 그려 놓고 잠을 청한다

김경수 1980년 『해변문학』으로 작품 활동 시작. 시집 『서툰 곡선』 『기수역의 탈선』 등.

경계 너머

김금용

손등이나 간지럽히고 사라지는
발도 팔도 없는 눈발아
너의 존재를 알리느냐고 부고장을 보내는가
국화꽃 한 송이 들고 영정 앞에 선 나를 놓고
영구차 타고 너는 손 흔드는가

건너지 못할 검푸른 강 앞에서
사천왕도 발 내딛지 못한 일주문 밖에서
지워지는 눈발처럼 이름 하나를 또 지운다

향불에 사위어가는 엉킨 퍼즐 조각들아
잘 가게,
다행히 내 혼란스러운 꿈속에선
놓치고 간 너의 얼굴이 그려지고
여린 바람에도 풋풋한 초록불이 일렁이니
난 오래 너를 품고 기억할 것이다
죽었거나 살았거나 그 경계는
내 안에서 내가 키워낸 별빛이고 눈이고 빗물이니깐
경계는 없어라
내 안에 죽은 존재는 없어라

내 눈이 감기고
내 혼돈의 꿈이 명멸할 때까지는

김금용 1997년 『현대시학』 등단. 시집 『각을 끌어안다』 『핏줄은 따스하다, 아프다』 『넘치는 그늘』 『광화문갸콥』 중국어번역시집 『문혁이 낳은 중국현대시』 등.

그날의 사람

김남조

육이오 사변 그해 장마는
하늘의 창자까지도 내리 쏟았어
마침내 땡볕 들자 불인두 닿지 않는
한 뼘 땅도 없었지

그 비와 그 불볕 속을
눈멀 듯 보고 싶어 찾아다닌
그 사람을
기나긴 오십 년 오늘까지
못 보고 말았구나
우리 겨레 태반이 그 사람
못 만나고 늙었구나

통일되면 뭘 하나
하얗게 삭은 열망의 잿더미엔
억울하여 까무라친
옥양목빛 하늘 한 자락뿐

김남조 1950년 연합신문에 시 「성수星宿」 「잔상殘像」 등을 발표하며 등단.
시집 『목숨』 등.

물때

김산

물때는 물의 시간이면서 물의 빛깔이다
떠나고 싶다고 아무 때나 떠날 수 없는 법
물에게는 고요해질 시간이 필요하고
그 기다림 끝에 만난 물빛은 순하고 깊다

큰 바다를 여러 번 오갔을 마도로스는
달이 조금씩 기울 때마다 그 달을 따라
선수船首의 방향을 틀고 당신에게로 떠난다

언젠가는 큰 파랑을 만나 허둥대는 사이
성난 물이 갑판을 들어 올리기도 했으리
바다에서 건져진 생각지도 못한 몇 마리의 물고기가
선원들과 함께 배 위에서 파닥거리기도 했겠지

큰 배도, 선원들도, 물고기도,
모두 하현下弦을 닮아 있었다
큰물 앞에서 시소를 타듯 출렁거리는 후미
물이 한때의 시간을 받아들이면
바다도 달빛으로 붉게 물들었다

오래전, 바다 깊이 침몰했을 폐선의 검은 뼈들이
다시 제자리로 돌아와 당신에게 긴 편지를 쓰는 시간
사랑한다는 말, 차마 하지 못한 말들이
사이다 방울처럼 보글보글 바다 위를 떠돌고 있다

마도로스는 망망대해를 오랜 시간 부유했지만
그동안 그 어떤 물고기도 낚아 올리지 못했다
큰 바다 앞에서 그는 작은 인어人魚였으므로,
바다가 가자는 쪽으로 물때와 함께
오지 않는 당신을 기다렸을 뿐이다

물때가 은빛으로 몸을 바꾸고 있다

김산 2007년 『시인세계』 등단. 시집 『키키』 『치명』

무너지는 경계

김서희

슥 슥 슥 슥
어디서부터 오는 소리일까
아파트 놀이터엔 아이들도 없는데
자꾸 반복되는
소리의 거처를 찾아 두리번거린다

저만치서 노인 두 사람이
오다 서다를 반복하며 천천히 걸어온다
돌쟁이 걸음마 떼듯 한 발 한 발
신발 끄는 소리가 박자를 맞춘다
할머니 손을 꼭 잡고 보조를 맞춰 걷는
할아버지 걸음이 답답하게 끌려온다
벙거지를 쓰고 목도리를 칭칭 둘러맨
할머니 신발 끄는 소리가
아파트를 둘러싼 적막을 찢고 있다

무릎이 시큰거려 운동 삼아 걷고 있는 내게도
모퉁이를 돌아가는 저 노부부에게도
세월이란 시곗바늘에
몸 무너지는 발소리가 있는 것일까

경계를 넘어 불어오는 초겨울 바람이 매몰차다

김서희 2011년 「불교문예」 등단. 시집 「뜬금없이」

허공

김성옥

허공을 보고 아무도
'없다'라고 말하지 않는다.
다만 '비어 있다'고 한다.

그대가
그대의 집을 떠나 있다 하여
그대의 집이 아니라
하지 않는다.

그대가 몸담았던 흔적으로
그대의 집이듯이
비어 있다 하여 없는 것이 아니라고
허공을 배우게 된다.

오늘도 내가
그대를 그릴 수 있는 것도
허공의 비어 있는 이유로
내 그리움을 채울 수 있는
'내 그리움의 집'이 있기 때문이다.

김성옥 1989년 『현대시학』 등단. 시집 『그리움의 가속도』 『사람의 가을』 등.

거룩한 성

김소엽

그것은 거룩한 성城
평생 공들여 쌓은 나의 자긍심

어느 날, 예상치 않은
천둥번개 비바람
홍수로 내 안의 성 무너지고

경계를 철저히 해도
일시에 무너뜨리는 무법자
내 안에 침수 창궐한데
모든 것을 버리고 경계를 넘고 보니

그것은 나의 자존심

허물어진 벽을 타고 눈물 흘러도
또 하나의 세상은 열리는구나

김소엽 1978년 『한국문학』 등단. 시집 『그대는 별로 뜨고』 『마음속에 뜬 별』 『그대는 나의 가장 소중한 별』 『별을 찾아서』 외 15권.

경계에 대하여

김송배

나는 이쪽 너는 저쪽
가시 철망으로 선을 그어 놓고
서로 총칼로 대치하고 있다
나는 그쪽으로 너는 이쪽으로
쳐다보는 하늘은 저리도 푸르기만 한데
문득 푸드덕 새 한 마리 날아와서
한가롭게 경계선을 넘어 자유롭다

나와 너는 한 할배의 핏줄
언제쯤이면 저 새를 닮아
자유롭게 만날 수 있을까
나는 이산離散의 아픔으로 울고
너는 맺힌 한恨으로 흐느끼며
울분이 가시지 않은 현장에서
어디선가 '그리운 금강산'의 화음이
처량하게 내 가슴을 울리고 있다

김송배 1984년 『심상』 등단. 시집 『서울허수아비의 수화』 『지워진 흔적 남겨진 여백』 등.

산울림

김수복

먹구름 지나간 산 너머
달이 뜨면 너는 자고
해가 뜨면 너는 웃고
혼자서도 잘 자고
늦게 일어나도 잘 웃는다

소나기 지나간 싸움 뒤에도
웃으며 앉아 있는 너에게
이 산 저 산
풍문이 돌았다

경계가 아니라 관계라고
산들은 더 울었다

김수복 1975년 「한국문학」 등단. 시집 「지리산 타령」 「고요공장」 등.

경계의 꽃

김여정

수평선은 바다와 하늘
지평선은 땅과 하늘

수평선의 꽃은 아침을 여는 여명의 태양
지평선의 꽃은 저녁에 지는 일몰의 노을

인생의 꽃은 청춘의 희망과 사랑
전쟁과 평화의 꽃은 화합과 공존

삶과 죽음의 꽃은 감사의 기도

김여정 1968년 「현대문학」 등단. 시집 「화음」 「바람의 안무」 등.

생각의 경계

김영재

성호星湖 이익 선생 집에
감나무 두 그루가 있었다

한 그루는 감 서너 개 열리는 대봉감나무였고 다른 나
무는 주렁주렁 열리는 땡감나무였다 선생은 두 그루 모
두 마음에 들지 않아 톱을 들어 베려 했다 그때 부인이
한 말씀 거들었다 "대봉은 서너 개라도 조상님 제사상에
올리고 땡감은 곶감이나 감말랭이로 만들면 식구들 먹
기에 넉넉하지요"

들었던 톱을 놓으며
선생은 잠시 부끄러워했다

김영재 1974년 『현대시학』 등단. 시집 『화답』 『유목의 식사』 등.

일출봉에서

김영진

바다가
해를 낳고 있다

지상의 어둠을 깨고
막 터져 나오는 울음
일출봉이 두 손으로 받는다

몸을 뒤틀며 비명을 지르는
바다

해를 받느라
가슴을 열어 놓고
다시 기다리는 일출봉

한순간
장엄한 첫 입맞춤에
나는 눈을 감는다

김영진 1965년 시집 「초원의 꿈을 그대들에게」으로 작품 활동 시작. 「책 읽는 사람이 세계를 이끈다」 「희망이 있으면 음악이 없어도 춤춘다」 외 24권.

경계에 선 섬 하나 섬 둘

김영찬

엉망과 진창
뒤죽과 박죽이 갈 데까지 가서 난장 친 문맥을 따라
뒤죽박죽 뭐가 되든

뜨거운 입김만으로 가 닿고 싶었다

다행히 무인도는 아니다 싶은데 그렇다 치더라도
문해력文解力,
리터러시literacy가 딸려서 속수무책

애너그램anagram의 어구전철이
에니어그램anneagram으로 운명의 방향을 얼토당토
손금 가르고 말았다

느시*가 가뢰**를 너무 많이 잡아먹고 속 뒤집혀
뱉어낸
섬 하나 섬 둘

가뢰의 섭생을 위해 쉬운 문장에
밑줄 그어줄 볼펜 몇 자루 금단의 표지로 책갈피에

꽂아 놔야겠다

* 느시 : 몸집이 큰 야생 칠면조의 일종
** 가뢰 : 독성과 최음제 성분을 지닌 딱정벌레의 일종. 최음제 성분 및
  항균독소 칸타리딘cantharidin 수요 급증 때문에 요즘 가뢰의 개체수
  가 급격히 줄고 있다고 함

김영찬 2002년 『문학마당』으로 문단 활동 재개. 시집 『불멸을 힐끗 쳐다보다』 『투투섬에 안 간 이유』 등.

겨울 능선이

김영탁

겨울 능선이 참하게 긴 날개를 지상으로 늘어뜨리고
고요한 소리로 먼 길에서 돌아와 앉아 있네
겨울산의 가슴엔 사람들의 발걸음을 허락하지 않는
방랑의 세월이 소복하게 쌓여, 누가 말이라도 걸면
끝없는 이야기는 산이 바다가 될 때까지 멈출 수 없겠네

지난 계절엔 푸른 옷을 입고 북상하다가, 어느 때는
붉은 옷을 입고 남하를 하다가, 더러는 사람들이 잠든
사이 이리저리 허랑방탕 돌아다니다가 드디어,
무거운 겉옷을 벗어 던지고 돌아온 겨울 산이,
방랑의 세월을 안고 온 전인미답의 그곳

그곳엔 불씨를 안고 있지만, 착한 겨울 산은
한 번도 불을 지른 적이 없이 안으로만 삭히고 있네
긴 날개를 지상에 붙이고 고요히 돌아와서
전에도 그렇듯 언제 그렇게 싸돌아다녔느냐고
얼굴색 하나 안 바꾼 겨울 능선이 늘씬하네

김영탁 1998년 『시안』 등단. 시집 『새소리에 몸이 절로 먼 산 보고 인사하네』 『냉장고 여자』 등.

꽃의 경계

김완하

아내가 사다 기르기 시작한 꽃들은 어느새
아파트 응접실 반을 채우고 넘쳤다
하나씩 들일 때 몰랐던 꽃의 둘레가 펼쳐지며
우리 집은 활기로 차고 넘치기 시작했다

처음에는 하나하나 가까이 보는 재미로
그 꽃들을 눈여겨 살펴보다가
이제는 한 발 더 떨어져 전체를 본다
꽃들은 스스로의 경계를 허물고 나서야
그들 사이에 함께 꽃을 피우기 시작했다

어느새 한 뼘 자란 군자란이 문을 열었다
그 뒤를 이어 다른 꽃들도 창을 내고
열린 문 안으로 서로의 향기 받아들이며
꽃들은 겹겹의 빗장 열어 사이꽃을 피운다

그때 베란다 너머 유등천 버드나무가
능청거리다 한걸음에 달려와 함께 어우러졌다
저 멀리 보문산 자락도 다가와 고개 빼고 들어온다
비어 있던 응접실 반도 웃음꽃으로 출렁대다가

아파트 숲으로 터져나가 팡, 팡, 팡 폭죽을 터뜨린다

김완하 1987년 『문학사상』 등단. 시집 『길은 마을에 닿는다』 『마정리 집』 등.

너와 나의 경계에 바람이 분다

김왕노

　나와 나의 경계에 바람이 분다.

　너와 나의 경계에 쥐똥나무를 흔들고 얼음 위에 미끄러지며 바람이 분다.
　서로를 갈라놓을 듯이 강한 풍속의 바람이 불고

　너와 나의 사랑은 바람을 견디며 바람을 이겨야 바람이 허락할 것이다.

　바람이 품었던 늦은 새 떼를 하늘로 풀어 올리나 급격히 떨어지는 온도이므로
　바람에 대한 경계를 늦추면 화살촉처럼 박혀올 얼음과 동상 걸릴 그리움이다.

　바람은 때로 명검의 날을 가졌기에 쉽게 난도질당하나 바람으로 담금질하므로
　너와 나의 경계에 바람이 불어도 우리 부러지지 않는 사랑을 가진다.

　너와 나의 경계에 바람이 불므로 바람개비같이 바람을

즐겨도 되는 것이다.

바람이 스쳐 간 흔적이 상처로 남더라도 그것은 삶의
아름다운 문양

너와 나의 사랑에도 바람이 분다.

김왕노 1992년 매일신문 신춘문예 등단. 시집 『도대체 이 안개들이란』 『백
석과 보낸 며칠간』 외 14권.

수청리

김윤

강이 얼었다
얼음의 깊이는 알 수 없다
옛날에
북쪽 국경의 강이 얼면
오랑캐들이 말을 타고 강을 건너온다고 했다

수청나루 여울목
얼어붙은 강 가까이
한 남자가 휠체어를 타고
강을 보고 있다
삽살개가 한 마리 바퀴를 따라왔다

휠체어는 강으로 내려서지 않았다
속 깊이 지독한 얼음을 품고
기슭에 한 발을 내디디면
강에 닿은 발끝이 어릴 때처럼 쏙쏙 저렸다

무엇이 치밀어 올라
약탈이 있던
먼 국경 마을의 일들을 생각했다

유빙도 없이 얼어붙은
그 경계 어디서
얼음 아래로 흐르는 물이 있다
꽃 같은 각시붕어를 물살이 흔들어서
헤적거리는 소리가 날 것도 같아

김윤 1998년 『현대시학』 등단. 시집 『지붕 위를 걷다』 『전혀 다른 아침』

경계

김윤숭

백두산정계비는 조선과 청의 경계
현해탄은 조선과 일본의 경계
하늘에도 경계 있고
달나라에 가도 경계 짓겠지
너와 나의 경계는 어디까지

코로나에는 경계를 봉쇄하라 하고
한류에는 경계가 없다 하네
우리의 경계는 칠까 말까

공자님 말씀
땅에 금을 그으면
너의 수준은 거기까지
부처님 말씀
마음에 경계 두면
원만한 깨달음 물 건너간다네

경계를 보며
마음에 경계 없는 사람
경계선이 없어도

경계에 갇히어 질식하는 사람

자유인은 경계 없지 맞지
자유시인은 시 경계 없지
아니 있다네
경계 시집
그 집을 갖고 싶지

김윤숭 2011년 『우리시』 등단. 시집 『지리산문학관 문창궁』 등.

무료 선생

김재홍

그는 택시 기사도 아니고 좌우에 날개도 없다
그저 매일 7시간씩 늦게 눈 뜨고 일하고 자는
파리에서 그는 별 볼 일 많은 운수업 지망생
이젠 달도 지겹고 바지도 신발도 헐거워졌다

165년 만에 외규장각 도서가 고국으로 돌아간 날 그는
샤를 드골 공항 주차장에서 두리번거리며
11시간이나 날아온 후배를 맞이했다
뭐 대단 중차대한 업무도 없는 처지에 그냥
들러리 겸 가이드를 맡았으나, 실은
놀이동산 여행 한번 간다고 생각했을지 모른다

Eric Satie는 진짜 멜랑꼴리한 피아노로
안 그래도 몽롱한 여행객을 아주 늘어지게 만들었고
4시간이나 달려야 하는 예비 운수업자는
세포 공동체의 조직 논리가 유전이라면
암세포의 생존력도 겸허히 받아들여야 한다는 둥
냉혈 파리지엥의 손버릇을 무시하면 안 된다는 둥
이상하게도 프랑스 음식이 입에 딱 맞다는 둥, 체질이
라는 둥

시시껄렁한 얘기를 끝도 없이 뱉어내면서
프랑크족의 역사와 풍물과 그의 비전까지
아주 길고 상세하게 풀어놓았다

택시 기사도 아니고 좌우 날개도 없는
그저 매일 7시간씩 늦게 눈 뜨고 일하고 자는
무료 이용권 선생

김재홍 2003년 중앙일보(시), 2022년 광남일보(평론) 등단. 시집 『메히아』
『다큐멘터리의 눈』『주름, 펼치는』『돼지촌의 당당한 돼지가 되어』 등.

아무도 모르는 밤의

김조민

옆방이 점점 소란스러워졌다
음악이 벽을 흔들며 내 방에 쌓였다
낮부터 자주 열리고 닫히던 문
복도를 따라 퍼지던 발자국 끝에
그들은 서로 잔을 부딪고
어깨를 들썩이며 웃겠지

그들의 기척에 나는 침묵했다
철없이 활짝 피었던 저녁 햇살이 뚝, 접혔다
익숙한 어둠이 투둑
내 발등 위로 떨어졌다

알고 있다
벽을 사이에 둔 그들은 결국
희망이 섞여 있다고 믿었던 잔을 깨며
깊게 울 것이다
텅 빈 거리에 혼자 서서
말라버린 꽃잎을 한 장씩 떼어내듯
심장을 저미며
내일이란 공포를 마주하게 될 것이다

카운트다운이 시작되었다
시간은 끝나고 시작되고
다시 끝나는 반복일 뿐,
제야의 종이 울리고

이쪽과 저쪽의 나를 아무도 모르는 밤이었다

김조민 2013년 『서정시학』 등단.

프셰미실 중앙역

김종태

두고 온 혈육을 구하려 귀향하는 사람들과 살아남으려 이국을 떠도는 사람들 사이에 중앙역이 있다

어느 쪽이든 위험천만하긴 마찬가지, 죽기를 각오한 목숨들과 죽음이 두려운 목숨들이 한데 어울려 주고받는 한숨들

인연의 끈 앞에서 절규하는 사연마다 기차는 오고 가고, 그 속눈썹 같은 찰나에 켜지는 역사驛舍의 불빛

전쟁으로 전쟁을 부르는 시장의 정중앙, 저주로 저주를 부르는 성소의 정중앙을 떠도는 중음신이 뒤엉킨 대합실 안내방송

추억을 덮으려는 냉담과 사랑을 시작하려는 열기가 포탄 속에 뒤얽힌 국경선 위로 기울어진 지붕의 중앙역이 있다

* 프셰미실Przemyśl 중앙역 : 폴란드 국경도시 프셰미실에 있음.

김종태 1998년 『현대시학』 등단. 시집 『떠나온 것들의 밤길』 『오각의 방』 등.

가을은 길 밖에서도 길 안에서도

김종해

16층 05호실에는 어쩌다가 승강기 앞에서 잠깐 모습
을 보이는
90대 노부부가 정물처럼 산다.
거친 한세상 살아오면서 몸을 비운 두 사람을 보면
안거安居를 모두 끝낸 불자의 편안함이 보인다.
몸이 가벼워졌을 때를 기다려 가볍게 낙하하는 가랑잎
처럼
자연 속으로 고요히 돌아가는 길을 깨친 그들의 뒷모습.
따스하고 부드럽다.
가을은 길 밖에서도 길 안에서도
사람 사이의 경계境界를 언제나 허문다.

김종해 1963년 『자유문학』 경향신문 신춘문예 등단. 시집 『항해일지』 『늦저녁의 버스킹』 등.

우수 무렵
— 오탁번 선생님 영전에

김지헌

잎들이 몸 부비는 소리
얼음장 아래 개울물 흐르는 소리
어쩌다 나뭇잎에 눈 내려앉는 소리
지나는 바람이 우듬지를 간질이는 소리

아무것도 모른 채 고양이 발걸음으로
새봄 문턱 들어서는 백운면 애련리 가족들

이맘때면
월동한 마늘밭 고랑마다 살포시 흙 이불 덮어주고
사진 올려 자랑하시던 분
시한부 선고를 받고도
요즘 시가 잘 써진다며 좋아하시던,
원고지 위 백두산 천지를 일필휘지로 호령하다가도
어린아이처럼 이른 봄 원서헌 마당의 민들레나
강아지 까미와 눈 맞추던 시인

우리말에 유독 눈 밝고 귀 밝으신,
잊고 있던 토박이말을 두 손으로 받들어 모시던 시인
그가 하늘로 돌아갔다

58

손길 기다리는 남새밭도 모른 체
장작 난로에 불씨도 남아 있는데
뭐가 그리 급하다고
나 아픈가보다
한마디 남기신 채 서둘러 떠났다
남은 자들의 슬픔은 각자 알아서 하라는 듯
평소의 장난기처럼
금세 카톡하며 봄맞이 새 소식 주시듯
그렇게

김지헌 1997년 『현대시학』 등단. 시집 『심장을 가졌다』 등.

여러분의 노화를 책임집니다
— 불알시계 白

김추인

옆구리에 키를 꽂아 태엽을 몇 바퀴 감아주자
그가 반짝 눈을 뜬다
착−각。착−각。
긴 진자가 걷기를 시작한다
꽁무니 바싹 붙어 걷는 우리, 자면서도 달리는

밥때가 오고 개털이 날고
그대 떠나 달무리조차 글썽이는 거
모두 그의 육십진법에 물린 탓이다
울며 겨자 먹기로 쫓기는 날들
각시멧노랑나비의 5령 유충이 녹의를 벗어
갈메나무 묵은 가지에 매다는 동안
친구의 메일이 도착했다
'낡은 DNA에 나비의 날개를 다는 중'이란다

뭐? 생체시계를 후진? 부럽기는 한데
착−각 착−각 그의 잔소리에 맞어! 또 동의다

김추인 1986년 『현대시학』 등단. 시집 『모든 하루는 낯설다』 『해일』 등.

달은 원을 그리며 돌고

김향숙

바람이 깃발을 흔들 듯
난간 위를 걸어가는 고양이는
이쪽과 저쪽의 대립을 모른다

지구는 한없이 기울어져
이쪽 경계에서 꽃을 피우고
저쪽에서는 열매를 떨군다

존재의 중심에 경계가 지나간다

콧날과 인중과 배꼽을 따라
하늘과 땅을 잇는 중심에 따라
경계는 갈라지지 않는다

탁구공이 네트를 가볍게 넘어갈 때
경계를 넘는 득점과 실점
게임의 규칙은
내 영역을 허용했을 때 지는 방식
운동은 경계를 탓하지 않는다

칼은 오래 쓰면 초승달이 뜨고
달은 원을 그리면 돈다
둥근 모양들은 자기와 닮은 모양을 따라
반을 숨기고 반을 드러내는 운명을 받든다

허물어진 자리에는 고요
고양이가 지나간 자리에는 평화
꽃은 허물지 않고 피어난다

김향숙 2019년 경남신문 신춘문예 등단.

숲속의 조인성

김형술

절을 찾아가다 비를 만났다

큰 나무 아래 서서
젖은 옷을 털며 한숨을 돌릴 때

현수막에서 달려 나와
전품목 50% 세일을 외치며 웃어대는
흰 이빨의 조인성

숲속의 나무들은 모두 얼굴을 갖고 있다
아이유, 이승기, 이만기, 박보검

나무들은 모두 이름표를 목에 걸었다
소주, 캐주얼, 관절염, 비싼 침대

쉬운 전화번호들을 흔들어가며
나무들 모두 열일 중인데

산속에 산은 없고
마을엔 사람이 없다

숲속엔 저잣거리가 일어서고
사람들 무리 지어 산을 오르고

집과 절이 서로 몸을 뒤섞어
낡은 경계들 허물어지는데
국경은 더욱 견고해지고
하늘길 땅길은 자주 막히는데

아아 나는 혼자 소심한 사람
절로도 집으로도 가지 못하고
오리백숙과 전립선과 멧돼지와 관절염 사이
길을 잃은 채 서성대는
봄 한나절

김형술 1992년 『현대문학』 등단. 시집 『사이키, 사이키델릭』 『무기와 악기』
등.

우리는 한민족 경계를 허물자

김후란

거센 바람이
남과 북으로 거칠게 밀려가고
수십 년이 지났어도
여전히 서로 다른 하늘 향하니
마음 아프다

그러나 희망을 버리지 말자
저 바람길 어디쯤에선가
분명 합쳐질 때 있듯이
아픈 경계 허물고
한민족 하나 되는 날 있으리

쪼개진 가족 일가친척
눈물로 껴안고 환하게 웃으며
저 맑은 하늘 아래
큰 세계 사람답게 살아가자

그래야 한다
그래야 한다
우리는 오천 년 역사 한민족이다

김후란 1959~1960년 『현대문학』 등단. 시집 『장도와 장미』 『음계』 『어떤 파
도』 『비밀의 숲』 등.

천해 天海

나기철

거기 너를 두고

바이칼에 와
절벽 위에서
구름 가려진
피안을 본다

입에 악기를 문
여인이 왔다 가고
바다 새
돌다가 갔다

문득
물을 가르며
작은 배
지나간 곳

수많은
오선지 결들이
소리를 내며

한참 있다가
사라졌다

나기철 1987년 『시문학』 등단. 시집 『젤라의 꽃』 『지금도 낭낭히』 등.

병과 병 사이

나태주

어린 시절엔 병이 나
한 번씩 앓을 때마다
아이가 약아지고
몸이 자란다는 말이 있다

맞는 말이다
그런 말대로 앓으며
어른이 되어 나는
늙어가는 사람

이제는 아니다
한 차례씩 병을 만나
앓을 때마다
마음이 약해지고
몸이 늙어간다

오늘도 아침
세수하고 거울을 보니
어제보다 더 늙은
아버지 얼굴이 나를

보고 계시는 거였다.

나태주 1971년 서울신문 신춘문예 등단. 첫 시집 『대숲 아래서』부터 최근
시집 『좋은 날 하자』까지 50권.

경계境界

동시영

삶은 탄생에 부딪힌 표류

하나라서
기쁘고,
슬픈,
하나,
사람

표류와 표류 속

얼마나 행복한가
너와 나는 딴 몸

너와 나 경계가 있어
너를 사랑할 수 있다

동시영 2003년 『다층』 등단. 시집 『마법의 문자』 외 9권. 산문집 『문학에서 여행을 만나다』 등.

고슴도치 딜레마

문설

이불 속에 고슴도치를 숨겨 놓자
시간의 경계에 돋아난 가시가 나를 찌른다
상처도 없는데
손바닥보다 흰한 곳에서 검불이 묻었다
가벼운 것들은
어딘가에 다가가려 할 때마다
앞을 막아 방향을 모호하게 한다
가시를 세워 힘껏 달려도 닿을 수가 없는
거리에 당신이 있다 처음이라 서툴러도
어디든 함께 도착해야 한다 했지만
문을 나서기도 전에 사라졌다
허물없이 허물을 벗는 당신 때문에
아파보지도 못한 뾰족한 슬픔을 내려놓았다
가시 끝에서 검불을 떼어 내려다
이불 속 하루를 노릇노릇 구울 뻔했다
가시는 점차 물렁해져 식탁에 오르고
내 눈에서 하나씩 가시를 뽑아
오늘을 찌른다 당신 대신 어둠이 흘러나온다
잘 익은 시간이 발소리도 없이
나를 통째 먹고 있다

혼자의 넓이는 넘쳐흘러 깨질 수 있다
가장 초라한 저녁이 다가오고 있다

문설 2017년 『시와경계』 등단.

체념증후군

문정영

불안의 모서리를 잊어버리고 싶어

낮밤 잠의 가면을 썼습니다

나를 가둔 세상의 경계가 지워졌을까요

까맣고 하얀 점 위에서 서로를 쳐다볼 뿐이네요

사랑보다 공포는 눈에 가까워 불안의 경계는 사라졌습니다

너에게서 멀어져야 또 다른 네가 다가오는 것을

잠으로 배웁니다

한없이 펼쳐지는 어둠에는 엄마도 없습니다

꿈에서 늘 만지는 것은 어제였지요

꿈과 엄마는 희망에 가까운데, 나는 그 경계

어느 곳에도 없습니다

'누가 나를 들여다보는가 꿈 밖으로 뛰쳐나와서도 길
을 잃었는데'*

내가 바라는 것이 있기는 한 것일까요

사랑을 체념하면 잠에 빠진다는데

내게 가장 무서운 사랑 체념증후군!

* 미국 시인 이월란의 시 「Re: 꿈」에서 가져옴

문정영 1997년 『월간문학』 등단. 시집 『꽃들의 이별법』 『두 번째 농담』 등.

엑스*

문정희

의자를 조금 뒤로 밀치고
조금 전까지
아내이던 그녀의 머플러를
조금 전까지 남편이던 그가 집어준다
이혼 법정 차가운 시멘트 바닥에 떨어진
망각 하나를 유실물 하나를
그가 반사적으로 집어 그녀에게 주었을 때
그녀는 그것을 받아 자연스럽게 목에 둘렀다
뭐야? 결혼 갖고 장난하는 거야?
당신들 방금 이혼한 거 맞아?
판사의 눈이 발끈하다가
이내 바쁜 듯 다음 서류를 넘긴다
경계에 서 있을 때는 서로 욕설을 퍼붓고
멱살이라도 잡아야 하나?
왜 죄인 취급이지!
동시에 둘은 목구멍 속으로 치밀어 오르는 말을
깊숙이 밀어 넣고 자리를 일어선다
건물 밖으로 나오기 무섭게
으드득! 반대쪽으로 찢어진다
몸 한쪽이 뜯겨나간 것 같아

잠시 비틀거린다
햇살에서도 피가 흐르는 것 같다
망연자실 휘청하다가
어디인지는 모르지만 조금 절뚝이며
이윽고 둘은 서로 딴 데를 향해 걷기 시작했다

* 엑스EX : 전남편, 전처, 전애인

문정희 1969년 『월간문학』 등단, 시집 『남자를 위하여』 『다산의 처녀』 등.

참말과 거짓말 사이

문현미

　원로 화가 부부와 구름정원에서 농익은 차담을 나누었다 인디언 소녀의 얼굴 같은 담쟁이 덩굴손이 리기다소나무 등마루를 타고 하늘로 뻗어 있다 마천루가 뉴욕에만 있는 게 아니라 유량골 산자락에도 있다니 단풍물이 쓸쓸한 맨살에 배일 즈음 솔바람차를 마시던 남자 지인이 불쑥 말한다

　"두 분은 천생연분이시군요." 화가가 서리 내린 수염을 쓰다듬으며 "저 사람이 없으면 아무것도 아니지요." 곁눈질하는 눈동자가 후끈 흔들린다 잠시 목젖이 떨리며 하르르 떨어지는 말 비늘들, "다른 여친에게도 이렇게 말하는데……"

　팔순이 넘도록 미친 사랑을 억누른 말벗들이 있어서 그림이 된다고, 그런데 마음 길을 누가 막을 수 있느냐고 되묻는다

　붉어서 두근거리는 감정의 실타래, 실오라기 하나 붙들고 수십 년간 감쪽같이 이어져 왔다니

문현미 1998년 『시와시학』 등단. 시집 『사랑이 돌아오는 시간』 『바람의 뼈로 현을 켜다』 등.

경계는 강이다

문효치

사람과 사람 사이에 깊고 얕은 강이 있어
자음과 모음이 흐른다

내 마음속 갈피를 적시던 빛
때때로 샛강으로 비켜 가 버리면
사라져 버린 희망이
살갗이 터진 채 흙빛으로 돌아온다

꼬리에 꼬리를 물고
위태롭게 흐르던 욕망의 소리가
잘못 흘러들어와
어지러이 빗금을 그어 놓는다

아무리 둑을 높이 쌓아 올려도
경계를 밀고 불쑥 들어오는 낯선 소리들
안개가 짙게 낀 날은
어김없이 온몸에 힘이 들어간 소리가
갈기를 세우고 범람한다
바다로 흘려보내야 할 소리에 무릎을 적시고
머뭇거리며 날들

지루한 소리 하나가 경계 안쪽에 송곳처럼 박혀 있다

문효치 1966년 한국일보, 서울신문 신춘문예 등단. 시집 『계백의 칼』 『바위 가라사대』 외 15권.

칭기즈칸의 독수리

박만진

푸르른 하늘이 시리다

휴전선을 넘나들며
날아다니는 철새들이 부러워

참으로 하릴없고
속절없는 하루에

못내 어깻죽지로 하여
잔등이까지도 가려운가

위대한 몽골의 칸,

칭기즈칸의 독수리 한 마리
천수만 들녘에서 보아

해 질 무렵 집에 돌아와
근지러운 시를 긁적이지만

친구여! 독수리타법과

몽고반점은 무관하다

박만진 1987년 『심상』 등단. 시집 『바닷물고기 나라』 『단풍잎 우표』 시선집 『꿈꾸는 날개』 등.

경계

박무웅

모든 부피는 자기 무게 속에
경계를 숨겨 놓고 있다.
그것을 알아낸 것이 바로 저울의 탄생이다.
저울은 무게에 숨어 있는 어떤 경계도 잴 수 있다.
경계는 끊임없이 발견하고 발전한다.
긍정과 부정을 발명했고 이쪽과 저쪽을 단번에 나누
었다.
그렇지만 어느 쪽으로도 절대 넘어지지 않는다.
오히려 경계를 넘어간 것들이 기울거나 쓰러질 때
경계는 늘 그 자리에서 존재한다.
아무리 여러 번 반복해 사용한다 해도
닳거나 줄어들지 않는다.

나도 한때는 아슬아슬한 경계 넘기를 즐겼으니
이제는 스스로가 경계가 되었다.
나를 넘어간 사람과
아직도 나를 이리저리 재고 있는 사람이 있다.
나 또한 한때는 사람을 넘고, 넘어야 할 사람을 재는
일로
많은 시간을 할애했었다.

어쩌다 경계에서 쓰러질 때
그때마다 나는 내 쪽으로 넘어졌다.
그래야 내가 나를 또 일으켜 세울 수 있었으니까.
더 이상 기회가 없는 실패란
상대에게 가서 넘어지는 일이다.

박무웅 1995년 『심상』 등단. 시집 『패스 브레이킹』 등.

횡단보도

박분필

빨간 경계가 해제되고 파란불이 들어왔다

사람들마다 각자 엉킨 실을 풀어내듯 길을 풀어내고
자기의 길로 감아 든다

검은 아스팔트에 그려진 흰 줄무늬 건널목이
얼룩말처럼 본능으로 들썩인다

귀에 꽂은 이어폰과 핸드폰 게임에서 눈을 떼지
못하는 사람과 사람 사이에는 가느다란 선이
결탁되어 있기라도 한 듯

무심한 듯
무심하지 않은 듯, 아슬아슬 건너가는 무리들
말보다는 침묵이 서로를 묶어준다

초록빛 신호등 깜박깜박
흐릿한 낮달을 지워나가고

한 인간의 삶만큼이나 아프고 헤져가던 횡단보도,

얼룩얼룩한 그 거친 피부에는
항상 살아있는 시간이 고이고 있다

박분필 1996년 『시와시학』으로 작품 활동 시작. 시집 『창포 잎에 바람이 흔들릴 때』 『산고양이를 보다』 『물수제비』 『바다의 골목』 등.

슬픔조차 너무 먼

박성현

표지석도 없는 무덤가에 앉아 있었습니다

눈이 녹아 가풀막을 흘러내렸습니다

봄볕 몇 송이가 자박자박 고인 물을 뒤척였습니다

젖은 운동화에서 한 계절 묵은 바람이 새어 나왔습니다

어디선가 소리를 잃은 울음이 들려왔습니다

발자국에 껍데기만 남은 벌레들이 잔뜩 박혀 있었습
니다

기척도 없이 모여들었고 안쪽부터 말라 있었습니다

방향을 돌려 길을 냈습니다

새로 낸 길도 낯설고 서걱서걱했습니다

매일매일 내게 오시지만 닿지 못했습니다

슬픔조차 너무 먼 하루였습니다

박성현 2009년 중앙일보 신춘문예 등단. 시집 『유쾌한 회전목마의 서랍』
『내가 먼저 빙하가 되겠습니다』 등.

너머

박수빈

갈대와 억새는 이웃이었어요 주위에서는 갈대에게 억새라고 부르거나 억새를 갈대라고 하기도 했어요 바람이 다가와 스치면 옮겨 오는 불편에 갈대는 등을 돌리고 억새는 떠가는 구름을 보았어요 비를 맞자 뿌리는 얽히고설키고 돌아오겠다는 편지가 있었는지 없었는지 갈대라고 불리고 싶어 갈대는 갈 데까지 가보자 했어요, 갈데는 강물과 물고기들의 유영, 억새도 목이 길어졌어요 산 능선에 여우 울음을 새기며 허리에 스며든 달빛, 강에서든 산에서든 따로 또 같이 품는 울타리는 어디까지인지, 억, 억 주억거리는 사이, 새는 사이를 날아간다

박수빈 2004년 시집 『달콤한 독』으로 작품 활동 시작. 시집 『청동울음』 『비록 구름의 시간』 등.

유리창

박수현

안탈랴 해변을 거닐다 보면
유리창을 닦는 여인들이 보이곤 한다
가이드는 창이 깨끗해야
신의 축복을 맞이할 수 있다고 말했다
이 세상 쓸모 있는 일은 창을 맑게 닦는 것이라는 듯
고양이처럼 창턱에 살포시 올라
덧난 상처를 쓰다듬듯 창을 닦는 여인들
어쩌면 그녀들은 칼레이치 항구의 터키블루빛 파도와
늙은 골목길을 헤쳐 온 누대의 주소들을
접어 붙이는 고단한 작업 중인지도 모르겠다
여인들이 입김을 후후 불며 마른걸레로
창 안쪽과 바깥쪽 경계를 지운다
빛과 어둠을 나누었던 창턱 저편
아이들의 웃음소리가
올리브나무 그늘을 무심하게 흔든다
목덜미까지 붉은 옻칠갑을 두른 저녁노을이
까치발을 하고 유리창 안을 기웃댄다
유리창은 맑고 푸른 손바닥을 펼쳐 든 채
운향꽃 향기를 미행하는
여인들의 뒷모습을 오래 지켜볼 것이다

박수현 2003년 『시안』 등단. 시집 『운문호 붕어찜』 『샌드페인팅』 등.

AI 로봇[*]

박이도

신은 말씀으로 인간을 자기의 형상대로 지으시고
인간은 과학으로 AI 로봇을 짓고 있다.
1조兆개가 넘는 인간의 신경망 회로를 제작해
피폐疲弊, 쇠망의 늪에 허우적이는 인간의 영혼까지도
돌연변이로 소생시키려는 도전,
신의 영역, 신의 경계에까지 도전하고 있다.

신과 인류의 경계境界, 신에의 믿음과 순응의 순기능
인간과 AI의 경계, 인간의 도전 의지에 역기능

인간은 AI와 더불어 신에 도전할 목표를 가졌지만
AI는 먼저 인간을 지배 통치하려고 할 것이다.

[*] AI : Artificial Intelligence, 인공지능 로봇robot

박이도 1959년 자유신문 신춘문예 등단. 시집 『미나리는 사철이요 장다리는 한 철이네』 등.

세월

박종국

밤과 새벽 사이에서 몸부림치는
어둠의 아가리 속을 뚫고 질주하는
빛처럼,

새 한 마리 날아간다.

박종국 1997년 『현대시학』 등단. 시집 『집으로 가는 길』 『하염없이 붉은 말』
『새하얀 거짓말』 『누가 흔들고 있을까』 『숨비소리』 등.

집을 위하여

박찬일

올라가는 두 계단이 사라졌다. 두 계단이 한목에 같이 찢어져 나간 듯 찢어진 자국이 선명하다. 누구인가 계단 둘을 종이 찢듯 한목에 뜯어낸 자는. 올라가는 계단이 없고 내려가는 계단이 없다 말하려는 듯하다. 점프해서 올라가! 점프해서 내려와!

매번 들어가기가 쉽지 않고 나가기가 쉽지 않다. 들어가서 나오지 않는 방법과 아예 들어가지 않는 방법, 들어가서 되도록 나오지 않는 방식이 되기로 했다. 간신히 지은 움막. 내 새집이다. 몰락이라도 여기서 몰락이다.

지리산 토굴로, 점봉산 움막으로 후퇴할 수 없다. 능함이 안 되는 인생이 인생이 돼버린 인생, 여기가 지리산 피아골이고 여기가 점봉산 설피밭이다. 집이 져졌다. 집을 다 지으면 맨 처음 오는 것이 물체가 흐릿해지는 일이다. 계단이 막히는 일 아닌가?

박찬일 1993년 『현대시사상』 등단. 시집 『모자나무』 『아버지 형이상학』 등.

사랑의 경계
― 괭이 17

방민호

사랑하기에
싸운다는 말은
잘못된 말

뜨겁게 사랑하려고
독하게 미워한다는 말은

어긋나도
너무 멀리 어긋난 말

사랑한다면
싸워서도 미워해서도 안 돼

산은 산이고
물은 물이니까

사랑은
오로지
사랑으로만 되니까

정말 더 늦기 전에
깨어나야 해

지금까지와는
다른 길로 가야 해

정말
사랑한다면
사랑하기만 해야 해

방민호 2001년 『현대시』 등단. 시집 『숨은 벽』 『내 고통은 바다 속 한 방울
의 공기도 되지 못했네』 『나는 당신이 하고 싶은 말을 하고』 등.

왼발 오른발

서승석

나는 단발머리 시절
고무줄넘기를 잘했다

왼발 오른발
팔짝팔짝 뛰면서
경계를 넘나들었다

초등학교 가는 길에는
아침 이슬을 털며
논둑길 밭둑길을 걸었다
땅은 모두 경계로 나뉘어져 있었다

대학에서 나는
전공은 수학이었으나
불문학을 부전공으로 했다
배움의 경계는 더욱 많았다

나는 다시 미대에 입학
그림 공부를 하고 있다
시 쓰기와 그림 그리기를

넘나들면서

세상의 많은 경계들 속에
사랑의 경계는 어디까지인지
나는 아직도 모르고 있다
왼발 오른발
과연 어느 쪽인지

서승석 1995년 시집 『자작나무』로 작품 활동 시작. 시집 『그대 부재의 현기증』 등.

기억의 경계

서영택

풍경은 늘 빠르게 지나간다
경계를 넘어가는 것들은 덜컹거린다

우렁찬 소리의 기차가 있다
그 소리 안에는
지나간 세월이 길게 누워 있고
뜨거운 울음이 뭉쳐 있다

불확실한 미래가 차창 밖으로 흘러가는 사이
어린 나를 태우고 돌고 돌아
지금의 나를 내려주고 다시 되돌아간다

기차는 기억을 칸칸이 이어붙이고 달린다

험난한 산길을 지날 때는
손을 흔드는 나무들과 함께 달리고
수많은 갈림길의 순간에도 멈추지 않는다

기차의 아픔을 만지면서 하루가 완성되기도 한다

터널의 어둠 속에서 빛의 시간이
필름처럼 지나간다 하지만
벗어나면 바로 눈앞에 현실을 마주한다

오늘도 가슴을 파고들며 기차가 소리친다
안개 속으로 사라지는 길을 달린다

지난 추억이 눈앞에서 넘실거리고
흘러내리는 노을이 세상의 경계를 넘어가고 있다

서영택 2011년 『시산맥』 등단. 시집 『현동 381번지』 『돌 속의 울음』 등.

번개와 詩

서정춘

어떤 번개는
우렛소리 받아서
한두 줄 쳐대다가 곧잘
타 버린 습성이 있다
곧잘 놓친 시구처럼
허무헌디!

서정춘 1968년 신아일보 신춘문예에 등단. 시집 「죽편」 등.

그들에겐 뭐가 남을까

송소영

매지구름 속에 넌 서 있다

불안해
언제 어두워질지 몰라
곧 억수 같은 창대비가 쏟아질 거야

드디어 알토란 같은 빗방울이
세차게 머리 위로 떨어져
난
비바람을 뚫고 네 곁으로 다가만 섰어

두 발 디디기도 힘든 아찔한 이곳은
분명 천 길 낭떠러지 위일 거야
서로 손을 잡고 있지만, 이내
내리치는 창대비 속으로 굴러떨어지고 말겠지

뭐가 남을까
다 으깨져 버린 두개골? 마음 한 조각?

송소영 2009년 「문학 · 선」 등단. 시집 「사랑의 존재」 등.

마음농사農事

신달자

마음 그 안에는 내가 흐르고 파도치는 바다가 흐르고
계곡이 흐르고 때론 화산이 터지기도 하지요
불의 파도가 마귀처럼 쏟아지는
그 한가운데는 뾰죽산이 시퍼렇게 서 있고요

누구나 서슬 푸른 경계는 마음 안에 살아있지요

내가 나를 마음대로 못하는 마음 터널 속에서
화산이 터지고 다시 터지고……

이 불화산의 너울을 타고 가쁜히 나는 걸어 나가요
뼈를 갈아내는 심정으로
조금은 화상을 입겠지만
데어서 태워져서 죽더라도 죽더라……도

그 불의 정상이 무너지고 나면
마음은 더없이 넓어지겠지요
내도 바다도 사라지고 뾰죽산도 다 사라지고
넓은 평야가 끝없이 펼쳐져
마음농사는 열매를 맺는 것이 아니라

우뚝 솟은 산을 부드러운 모래동산으로 다듬는 것이지요

너도나도 아닌
하나의 우뚝 산을 그 불손한 경계를
무너뜨리는 거지요

탁!

그러면 "박제된 바보"가 "날아오르는 천제"가 될까요
우뚝산이 무너지면 경계가 사라지면……

신달자 1964년 『여상』, 1972년 『현대문학』(박목월 추천) 등단. 시집 『봉헌문자』
『종이』『북촌』 등.

구름

신미균

울음을 발효시켜
뽀글뽀글 뱉어냅니다
말랑말랑한 양 떼들이 생겨나
복닥거립니다
엄마한테 혼난 건
금방 잊어버렸습니다
잠깐 졸다 깼는데
양 떼들이 자갈돌들이 되어 있네요
자갈돌들은 또다시
도넛이 되었다가
돌고래가 되었다가

혼자서
실컷 뱉어내고 나니
배가 고픕니다
내 울음은 모서리도 없고
뒤끝도 없습니다
구름처럼요

신미균 1996년 월간 『현대시』 등단. 시집 『맨홀과 토마토케첩』 『길다란 목을 가진 저녁』 등.

나는 이쪽 언덕에 남아

신원철

떠나는 관 앞에서 어린 딸이 잔을 올리고
우리는 속으로 눈물을 따르고 있네
몇 년 만에 찾아온 시베리아 혹한에
갑자기 쓰러진 P교수
연구 많이 하고 마음 따뜻하고
홀로 들어앉아 고독한 담배 연기 피워 올리더니

먼저 간 아들이 저 건너편에서 손을 흔들고 있네
술만 취하면 소리 없이 울었었다고?
겉보기에 멀쩡해 몰랐었는데
남은 부인 울다 무너지고 고별사는 흐느끼네만
이 신년 벽두에
호되게 떨어진 날벼락일세

그 세계는 마음고생 없다는가
이승의 경계가 이토록 건너기 쉬웠던가
우리는 여기 남아 식은 술을 마시고 있네
영정이나마 그대로 웃으시게나

신원철 2003년 『미네르바』 등단. 시집 『세상을 사랑하는 법』 『동양하숙』
『닥터존슨』 『노천탁자의 기억』 등.

제 입속에 맴도는

심상옥

테라스를 가득 채운 푸른 잎사귀가 싱그럽다
조명 아래 앉아 있는 새들 모습도 생생하다
제 입속에 둥지 튼
어린 새끼를 미소처럼 머금는다

선착장 대합실 지붕 위의 갈매기도
어린 새끼 주둥이로
쪽빛 남해 바다를 물어 나르고
층층이 이어져 제멋대로 경계를 나눈 논두렁 사이에도
마을 역사는 머릿속에서 굴러간다

제 살 뜯어 새끼 보살피는 가시고기처럼
'어머니'를 쓴 막심 고리키도
바람에 몸을 맡긴 채
서로의 몸을 비벼댄다

말의 반은 입, 그 반은 바람
키 큰 미루나무도 바람에 몸을 뒤척인다
바람에 맡긴 하루가 차례로
누웠다 일어나기를 반복하며

바뀌는 시대 변화를 읽어 준다

푸르름 더해 가는 6월
시원스럽게 지저귀는 산새 부리가
할 말을 닫고 바람을 탄다
제 입속도 그렇다

심상옥 1982년 시집 『그리고 만남』으로 작품 활동 시작. 시집 『파파파, 파열음을 내며』 외 6권. 영어시집 『미립을 쇼핑하는 사람들』 등

그

오세영

하늘에 빛과 어둠이 있듯,
땅에 뭍과 물이 있듯
그와 당신도 내 안에 있지 않으면
이 세상 그 어디에도 없는 것.
빛과 어둠의 경계에 황혼이 있듯
뭍과 물의 경계에
개펄이 있듯
그와 당신의 경계에 있는
아무것,
그 아무것을 넘어서
내 안의 내가 당신이 되는 것이
한 생의 사랑,
내 안의 내가 그가 되는 것이
한 생의 이성이다.
빛과 어둠이 하늘을 만들듯
어느 대장간,
불에 단 무쇠를 끈질기게 두들겨
오늘도 부단히 나를 만들고 있는
당신과 그.

오세영 1965~1968년 『현대문학』 등단. 시집 『사랑의 저쪽』 『바람의 그림자』, 학술서 『시론』 『한국현대시분석적 읽기』 등.

태풍전야 랩소디

오정국

노트북의 버퍼링 저쪽에서
외눈박이 거인이 오고 있다
이름하여 힌남노, 흰색 터번의 구름기둥이 북상하고
있다

영원처럼 격리된
간빙기의 하룻밤

보헤미안 랩소디를 듣기 좋은 밤이다 알프레드 히치콕의
검은습새가 하늘을 뒤덮으면
청색 테이프로 입을 봉할 것
유괴된 아이처럼 비명을 삼킬 것

태풍전야 해안선이 철사처럼 떤다

멀리도 아니고 깊지도 않게
바다를 바라보던 모래밭*이 텅 비워지고
등대의 불빛이 벼랑을 훑어나갈 때,
파도는 공중에 떠 있었다 한복판의 눈동자에 얼비치는
붉고 푸른 좌표들, 내 이마의 얼룩으로 번지곤 했다

영원처럼 격리된
간빙기의 하룻밤

모래알 하나라도 놓칠 수 없다는 듯
해안선이 해안선을 움켜쥐었다
팽팽하게 휘어지는
죽음 같은 고요, 고요의 웅덩이에
머리통 들이밀면

번갯불이 내 얼굴에 사선을 긋고 갔다 눈먼 눈을 쳐들면
악몽 같은 한 생애가 거짓말처럼 지나갔다 그날 밤
그렇게, 돌을 매단 밧줄이 공중에서 툭 끊어지듯이

* 로버트 프로스트의 시 「멀리도 아닌 깊게도 아닌」에서 따옴.

오정국 1988년 『현대문학』 등단. 시집 『저녁이면 블랙홀 속으로』, 『재의 얼굴로 지나가다』 등.

개나발

오탁번

성질머리 고야칸 년놈이
삐긋삐긋한 결혼
반백 년을 이어오며
너는 너, 나는 나
경계선을 긋고 살았다
세월 지나 다 늙은이 되면
그 옛날 1970년 10월 28일
주례 말씀마따나
1+1=1
두 사람이 한 몸 되어
노을고개 도란도란 넘나 했다

아이구 하느님아
올봄 되어 곰곰 생각하니
엉뚜당뚜 헛물만 켰다
너와 나 사이 경계선은
캄캄절벽 되고
나달이 갈수록
외로 오르로 뒤죽박죽
한 몸은 커니와

1과 1이 꼬나보며
서로 방아쇠를 당기니
옛 말씀이 다 개나발이다

오탁번 1967년 중앙일보 신춘문예 등단. 시집 『알요강』 『비백』 『손님』 등.

이별離別

유성식

마주 보고 앉아 있는
남녀 사이를
상처 입은 새 한 마리
왔다 갔다 한다.

남자의 입에서 나와
여자의 가슴으로 파고들고,
다시 여자의 입에서 나오면서
필사적으로 노래를 부른다.

노래는 허공으로 흩어지고

부질없이 지저귀던 새는
피에 젖은 채 파닥거리다
떨어져 버린다.

두 남녀는
탁자 위에 죽어 버린 새를
물끄러미 바라본다.

새의 부리에
사람의 눈물이 떨어진다.

유성식 1992년 『현대시』 등단. 시집 『성난 꽃』 『성냥팔이 소녀』 등.

접어둔 종이를 펼쳤는데
창문이 네 개

유수진

흰 가루약을 보관하기 딱이군요.
접은 일을 펴니 날개가 생겼어요.
새의 습성을 빼다 닮았어요.
몇 개의 점
　　점
점으로
날짜변경선이 날아갔어요.

반듯하게 접어 둔 일은 다시 펴겠다는 거였군요.
그런 일이라면 넝쿨의 방식
오월로 가로를 접고 유월로 세로를 접는 방식

소용돌이의 자세로 둥글게 시계방향으로 둥글게
당겼다 놓으면 제자리로 귀환하는 점선

접어둔 곳을 원점이라고 할까요?
원점이 날아간 곳을 펴면
중심에 적을 둔 네 귀퉁이가 수다스럽고
위와 아래, 오른쪽과 왼쪽이 구깃구깃
서로를 접어버리고

그러고 보면 점선은 포장 용기인 것 같기도 해요.
복약지도는 적혀 있지 않아요.

점선으로 묶인 종이를 펴니 기둥 하나가 세워져 있더라고 했죠.
내가 샀다가 되판 땅의 모양은 세모였고
접어둔 종이를 펼쳤는데 창문 네 개가 생겼어요.

만일 귓가가 웅성웅성 시끄럽다면 그건 접은 일로 생긴 점선이 푸드덕거리는 소리, 동면에서 깨어난 회색곰이 부스럭부스럭 일어나는 소리, 마디마다 오이가 자라는 소리

한 번 접고 또 한 번 접어 둔 종이에서 숫자를 발굴했어요. 일련번호는 누구의 전화번호일까요.

그래서 발굴한 것은, 그래서 발굴된 것은,
저 선명하게 깊은 손끝,
저렇게
　저

저만 말고 있는
소용돌이들

점선은 무언가를 꽤 오랫동안 보관할 수 있더군요.

유수진 2015년 『시문학』 2021년 전북일보 신춘문예 등단.

경계境界

유자효

시인과 기자의 경계
시인이 되려 하면
기자의 객관성이 사라지고
기자가 되려 하면
시인의 감성이 무뎌졌다
그 경계에서 방황한 40여 년
늙어 가까스로 찾은 화해는
기자 시인의 아슬아슬한 그 역시 경계

자유시와 정형시의 경계
자유시를 쓰려 하면
긴장이 풀어져 산문성이 띄게 되고
정형시를 쓰려 하면
형식에 매여 치열함이 옅어졌다
그 경계에서 방황한 50여 년
늙어 가까스로 찾은 화해는
내용과 형식의 아슬아슬한 그 역시 경계

경계인으로 살았던 고단한 나의 생애
그러나 그리하여 비로소 형성된

나의 개성

오, 경계의 시

유자효 1968년 신아일보(시), 불교신문(시조)으로 작품 활동 시작. 시집 『성자가 된 개』 『포옹』 등.

수달가족

유재영

　남방 한계선을 넘나들며 살찐 납지리만을 잡아 오는
암컷, 북방 한계선 물속 깊이 점박이 꾸구리를 날래 물
어 오는 수컷, 재두루미 떼 구선봉九仙峯을 넘어오는 그윽
한 밤이면 새끼 수달들 오물거리는 주둥이에서 남, 북한
물비린내가 물큰 나곤 했다

유재영 1973년 시(박목월), 시조(이태극) 추천 등단. 시집 『한 방울의 피』 『변
성기의 아침』 등.

좌와 우

尹錫山

―현玄

이 글자는 '검을 현'이 아니라
'가물 현'이라고 한다.

온전한 검정도, 또 온전한 하양도 아닌
그 사이를
그저 가물거리는

그래서 분명한 경계를 유보하는

―현玄

다만 그 가물거림 속의
좌와 우,
우리는 보이잖게 손을 잡는다.

윤석산 1974년 경향신문 신춘문예 등단. 시집 『바다 속의 램프』 『햇살 기지개』 등.

샘터 사옥

윤효

건축가 김수근이 샘터 사옥을 다 짓고 나서
구청에 준공검사를 신청했다.
담당자들이 현장을 둘러보고는 그냥 돌아갔다.
천장 마감을 하지 않았다는 것이었다.
짓다 말았다는 것이었다.

붉은 벽돌 땀땀이 쌓아올린 이 아름다운 건축에는
전선과 애자가 천장마다 고스란히
노출되어 있었다.

요즘은 어딜 가나
공조 설비까지 그대로 드러내는 게 대세가 되었지만,
1979년 서울 한복판 대학로에서 벌어진
일이었다.

윤효 1984년 『현대문학』 등단. 시집 『물결』 『배꼽』 등. 시선집 『언어경제학
서설』

境界人의 봄

이건청

분홍빛 적막 속에 꿀이 있다.
5월 오후, 그 분홍빛 경계 밖엔
벌써 뻐꾸기들이 와서 운다.

상수리나무 떡갈나무 이파리들이
세상을 열여섯, 열일곱 적
초록으로 채우고 있다.

먼저 날아온 새들은
둥지에서 쉬리라.
때로 교미하리라.

아, 살아있는 것들의
환한 햇살로 가득 찬 저쪽,
경계 밖에 분홍빛 꽃들이
연기처럼 피어나고 있다.

이건청 1967년 한국일보 신춘문예 등단. 시집 『실라캔스를 찾아서』 『곡마단 뒷마당엔 말이 한 마리 있었네』 등.

가자미식해

이경

어둠 속에서

살과 뼈의 경계를 허문다

사랑의 육즙으로

원한의 가시가 발효되고 있다

겨울밤 가자미식해 익는 냄새

임진강 건너

밥알 같은 불빛 하나

건너다보는 함경도 에미나이

무덤 하나

이경 1993년 『시와시학』 등단. 시집 『소와 뻐꾹새소리와 엄지발가락』, 『흰소, 고삐를 놓아라』, 『푸른 독』, 『오늘이라는 시간의 꽃 한 송이』, 『야생』 등.

문득 미라보다리 생각
— 기욤 아폴리네르에게

이근배

창밖으로 마포대교 내려다보이는
한강변 H 오피스텔 20층 쪽방에서
코로나19에 갇힌 틈을 타서 반생토록 끌어모은
벼루들을 바깥바람 좀 쐬어 주겠다고
먹 때를 벗기느라
이 봄 꽃 피고 꽃 지는 줄도 몰랐다
벼루며 책들 들쑤시는데
웬 기욤 아폴리네르 시집?
고서 경매장에서 쓸려 들어왔던가
피카소가 짝지어준 마리 로랑생에게
바닥 모르고 빠져들었었는데
「모나리자」 그림 도둑으로 몰려서
사랑 날벼락 맞고 센 강 물결에 띄웠다는
시 「미라보다리」가 생각난다
그때도 코로나가 있었던가
스페인독감에 걸려 서른여덟 살에
세상을 떠나고 세 해 뒤에야
잡지 『파리의 밤』에 실렸다던가
그대는 미라보다리 근처에 살았다 하고
나는 마포대교 가까이 둥지를 틀었는데

한강 물을 굽어보면서도
뒤에 남길 시 한 줄도 못 쓰고.

이근배 1961~1962년 경향신문, 서울신문, 동아일보 신춘문예(시조, 동시), 1964년 한국일보 신춘문예(시) 등단. 시집 『종소리는 끝없이 새벽을 깨운다』 『추사』 『대 백두에 바친다』 등.

하마터면 끝까지 이야기할 뻔했습니다

이노나

종결어미를 듣는 자들은 종종 자신의 신발을 벗습니다
여기 마지막 걸음을 두었다는 형식으로 사용되지만 그
구두점은 스스로의 힘을 알아채지 못합니다 그리하여
바람이나 모래의 가락이나 아주 사소한 미련에도 스스
로 꼬리를 내리거나 아예 없어짐이 됩니다 오랜 소문에
의하면 그러함에 분명 의도가 있으리라 했지만 대체로
침묵이었습니다

애초에 혼돈이 있었으니 어떤 것도 구별되지 않았느니라

나는 울지 않았습니다 그러는 편이 나을 것이라 생각
했습니다 불운은 벽을 타고 오르는 덩굴처럼 끈질기고
도 깊숙합니다 자주 생각합니다 그것들은 오로지 나의
냄새만으로 흥분하는, 수만 개 후각신경섬유로 이루어
진, 짐승이 아닐까 하구요 그래도 나는 울지 않습니다
가끔 아름다운 순간순간들이 나를 꿈꾸게 했지만 나약
한 낮만큼 소용없다는 것을 알고 난 뒤였습니다 지루하
고 탄력 없는 어둠이 번지듯 자라 사무적으로 처리되기
시작했습니다 그편이 나을 것입니다 그래서 나는

이노나 2012년 『연인』 등단. 시집 『마법 가게』 『골목 끝집』 등.

지경 地境

이도훈

그 지경에 이르러 그를 땅속에 묻고
이제부터 모른 체할 것이다.
숨 막힐 일 없으니 이젠 됐다는 심정으로
돌이켜보거나 풀릴 일 없는 곳까지
그를 묶었던 입관을 기억한다.
가족들은 서둘러 울음을 재촉하고
야산 한 평은 명당이 되었다.

그의 마지막 필체엔
쉼표 하나도 남아 있지 않았다.
잠시 쉬러 갔다고 믿고 싶지만
자꾸 입술 사이에선 쉰 바람이 나왔다.
어제 마신 술은 목구멍에서 술태를 긋고
간밤에 깨져나간 술병과 욕설이
발바닥에서 으깨지고 있었다.
슬퍼하면서도 그의 지경 안으로 선뜻
들어서는 사람은 없었다.
사람들 경계 사이에 놓인 기억은 고리를 잃어가는데
해지기 전 돌아온다던 그는 오지 않고
노을만 요란하게 물들었다.

지경이란 그리운 이름 하나
7부 능선 술잔에 새기는 것
한 사람 몫이 줄어든 속력으로
또 경계에 다가가거나 멀어지고 있다.

아랫배에 염해 놓은 바람만 저속하게 내뱉었다.
다시 부를 수 없는 이름 꽁꽁 묶어
혀, 밑, 안쪽, 깊숙이 묻고
말 못 할 지경에 이른다.

이도훈 2015년 『시와표현』, 2020년 한라일보 신춘문예 등단. 시집 『맑은 날을 매다』 『봄날은 십 분 늦은 무늬를 갖고 있다』

경계
— 꿈을 꿨어요

이사라

꿈을 꿨어요
생생하게 느껴져요
이 세상이 저세상과 섞여
있는 모호한 공동체

부모 지인 후손
떠난 사람들이 다 돌아와 있어요
허물어져 없어진 옛집
흐려져 가는 기억
스쳐 갔던 창밖의 여정

여기는 비무장지대인가 봐요
아니면 혼수상태인지도

돌아올 수 없는 일들이
다 미안하다고 하는

돌이킬 수 없는 것들이
다 돌이켜지는

뜬구름 같은 경계

여기서는
나도 내가 아닌가 봐요

이사라 1981년 『문학사상』 등단. 시집 『히브리인의 마을 앞에서』 『저녁이 쉽게 오는 사람에게』 등.

동감

이상호

자고 나면 병이 멋대로 흩어져 있고
마신 사람(들)도 흩어져 보이지 않아

날마다 나는 빈 병만 보는 단조로운 사람이 된다.
병 들고 잠시 병든 마음을 비우던 사람은 못 보고

걸핏하면 나는 꿈꾸는 나는 몸이 너무 무거워서
병든 사람(들)을 보면 왠지 남의 일 같지 않아서

마주하기 민망해 슬쩍 옆길로 빠져나가며
내가 왜 이렇게 되었는지 몰라 더 민망해

하염없이 딴 길로 걸어간다.
하염없이 울음소리를 내면서

엉엉 울 줄 아는 것을 보면 영영 벌레는 아닌 것 같은데
따져 들면 벌레와 다른 것이 무엇이 있는지 잘 모르
면서

울음 하나로 자존을 지키려는 옹졸함이라니

사람이든 벌레든 병들면 죽기는 마찬가진데

이상호 1982년 『심상』 등단. 시집 『금환식』 『국수로 수국 꽃 피우기』 등.

사랑의 방식

이수익

우리 사이에는
차마 다가갈 수 없는, 그런 구역이
있다
문서로 확인이 불가능한, 문서 이상의
위력을 지니고 있는 타오르는 화염이
오늘도 나를
흔든다, 너를 흔든다, 그리고 소리 소문도 없이

우리 모두를 흔든다

그러니까 내가 너에게
위험한 사랑의 불꽃을 던져 주었던가?
아니면 네가 나에게
아슬아슬한 모험의 위기를 넘겨준 일이 있었던가?

아마 그럴 수 있겠다

나의 서투른 욕심으로
불타오르던 푸른 열정이
거침없이 너를 향해 쏟아지던 때를 나는 알았지만

그걸 참지 못하고 허둥대던 그 순간의
어리석음을

그래도 너는 기품 있게 자신의 경계境界를 지키면서
순수한 기쁨을 나에게 한껏 들려주었지 더 멀리 가지
못하게
하면서 더 가까이 오지도 못하게 만드는
놀라운 신비를 부렸지 참으로 희한하게도 차마 더 닿
을 수 없는……

사랑은 그렇다
넘칠수록 단단히 붙들어 매는 것을 알게 하고
흔들릴수록 더욱 가깝게 자신을 견인해야 한다는 사실을
늦게나마 알려준 너에게,

오직 고마움을

이수익 1963년 서울신문 신춘문예 등단. 시집 『우울한 상송』 『침묵의 여울』
등.

우화를 꿈꾸는 상사화

이채민

중환자 병동 창밖 느티나무에서
꽁무니가 긴 암매미가 허물을 벗고 있다
창 안쪽에서는 12월의 숲처럼 헐거워진 그녀가
그믐달 같은 생의 허물을 벗고 있다
일생 소리를 내지 못한 두 개의 허물이
안과 밖의 경계에서 지상의 습한 길을 지우고 있는데
나는 무기수의 이름으로 설익은 눈물을 익히고 있다

피붙이 하나 없이
홀로 피워 올린 8월 꽃무릇보다
외롭고 헐거운 그녀의 생을
나는 아직 읽어내지 못했는데
가슴에 남아 있는 후회의 문장
미처 지우지 못했는데
그녀는 지금
우화를 꿈꾸는 두눈박이좀매미처럼
지상에서 날아오를 날을 준비하고 있다

이채민 2004년 『미네르바』 등단. 시집 『기다림은 별보다 반짝인다』 『까마득한 연인들』 등.

안과 밖

이향아

문밖으로 나간 네가 쫓겨난 건 아니니까
울안에 있는 나도 갇힌 것은 아닐 거야
왼발 한 번 삐끗하면 눈먼 사막이라도
돌아서서 물러나면 캄캄하게 벼랑이라도
보석보다 소중해서 나를 보관했을 거야
지은 죄 무거워서 가두었을지라도
달라진 것은 없어, 나는 옛날 그대로야

발목까지 묻었더니 희고 맑은 잔뿌리
밤낮 익힌 버릇대로 타고난 염치대로
소란통에 지켜온 쓸개 하나 그대로
황소 같은 고집으로 견디는 일 싫지 않아
살아가는 하루하루 제사를 올리는 일
어느 날 깊은 속을 아낌없이 펼친다면
우리 둘이 손을 뻗어 닿을 수도 있을 거야

이향아 1963~1966년 『현대문학』 등단. 시집 『오래된 슬픔 하나』 『순례자의
편지』 등 25권. 문학이론서 및 평론집 『현대시의 이론과 실제』 『창작의 아
름다움』 외 8권.

먼, 가까운

이형우

지척에 당신 두고
공원 벤치 홀로 앉아 커피 마신다
모이를 던지면
이착륙 멈추고 일제히 내려와
부리 번뜩이는 비둘기 떼
나도 한때는
당신 모이에 취했던
저 한 마리
오늘도 몇십 리 길 달려와 나를 만난다
그리운 건 이름이지
당신이 아니다
하늘 푸르고
바람 상쾌한데
지척은 구만리

이형우 1991 『현대시』 등단. 시집 『창세기부터』 『착각』 등.

이 시대의 파수꾼들

이화은

사제로부터 예수를 지키기 위해
신자들이 새벽부터 성당 문을 두드린다

그런 시대가 왔다

배고픈 스님들이 다 팔아먹고
요즘 절집에는 부처가 없다고 한다
스님들의 식보가 유난히 크긴 하지만

정치인들로부터 국가를 지키기 위해
국민들이 하루도 빠짐없이 거리로 나선다
목이 터져라 외쳐도 정치의 귀는 열리지 않는다
돌대가리 자물통으로 귀를 채웠기 때문이다

아름다운 시 한 편을 지키기 위해
독자들이 오늘 밤도 불침번을 선다

배를 끌고 산으로 가는 시인들을 막아야 한다

시인들로부터 시를 지키는 일이

난해시 한 편을 해독解毒하는 일보다 더 어렵다고 한다

그런 시대가 와버렸다

이화은 1991년 『월간문학』 등단. 시집 『이 시대의 이별 법』 『절반의 입술』
등.

사이의 순천만

장재선

강물이 바닷물과 섞여 만든
소금 기운이
갯벌을 숨 쉬게 하고
짱뚱어와 갖은 게들이 함께 기어 다닌다

저 달이 이 별을 끌어당기는 힘으로
밀물이 생길 때
물살을 피해 게들이 붙어사는 갈대가
가을바람에 흔들린다

강과 바다가 만나는 사이는
문이 없어도 물이 들고 나며
살아있는 것이 살아있으려 애쓰니

너와 헤어진 후 꽉 막혔던 숨이
내 속에서 길을 트고
네 쪽도 내 쪽도 아닌 곳으로 흐른다

갈대를 흔드는 건
작년의 그 바람은 아닐 텐데

왜가리는 오래 그 자리를 지키고 있다.

장재선 2007년 『시문학』 등단. 시집 『기울지 않는 길』 『시로 만날 별들』 등.

수목장

조승래

십여 년을 함께 살아온 나무가 화분 속에서 말라가기에
반년 더 물을 주며 기다렸으나 새잎을 내지 않아

사인규명을 위해 밑둥치를 뽑아 보았더니 잔뿌리가 하
나도 없고
대퇴부 같은 검은 뼈 덩어리 하나 남아 있었네

연명치료 거부하고 링거 줄 스스로 다 제거한 고요한
임종을
곁에서 알아채지도 못하고 물만 열심히 준 타성주의가
부끄러워

그가 사랑한 흙과 벗어둔 몸을 뒷산 나무 아래 누이고
노잣돈인 양 두 손 가득 나뭇잎을 덮어 주었네

집 안에서 집 밖, 겨우 한 경계가 그리 아련해서
한참 서성이다가 집으로 돌아왔네

조승래 2010년 『시와시학』 등단. 시집 『어느 봄바다 활동성 어류에 대한 보고서』 외 7권.

발인發靷

조창환

―며칠 후, 며칠 후, 요단강 건너가 만나리
사람들 모여 서서 노래 부를 때
그는 거기서 편안히 웃고 있네
액자 속에는 캄캄함 없고
액자 속에는 절벽도 없네
검은 양복 단정한 아들이 앞장서 가고
검은 한복 차려입은 여인이 뒤따라가고
오래 격조했던 친구들 그 뒤에 가며
―날빛보다 더 밝은 천국, 찬송 부르네
강 건넌 사람, 그는 거기에 있고
강 이편 사람, 우린 여기에 있는데
검은 자동차에 실린
검은 나무관에 얹힌
액자 속에서
그가 웃고 있네, 편안하고 친근하게
경계를 넘어서니 저리 안온하고
텅 빈 곳 들어서니 저리 평화롭네
웃으면서 가끔 염려해 주네
액자 속에서, 강 저편에서
강 이편 바라보며 근심해 주네

조창환 1973년 『현대시학』 등단. 시집 『나비와 은하』 『저 눈빛, 헛것을 만난』 등.

선운사 꽃밭에서 사랑이 나온다

지영환

ⅰ

서정주 선생 선운사에 오셨다

"선운사 고랑으로 동백꽃을 보러 갔더니 동백꽃은 아직 일러 피지 않았고 막걸릿집 여자의 육자배기 가락에 작년 것만 오히려 남았습니다 그것도 목이 쉬어 남았습니다"[1]

그 고랑 동백꽃밭에서 나는 미끄러졌다

ⅱ

김용택 선생 선운사를 찾았다

"여자에게 버림받고 '중략'·'······'

동백꽃 붉게 터지는 선운사 뒤안에 가서 엉엉 울었다."[2]

선운사禪雲寺 뒤안에서 나는 엉엉 울어지지 않았다

iii

상·하·동·서·남·북의 여섯, 상·하·북 도솔암兜率庵 남았다

금동지장보살좌상金銅地藏菩薩坐像[3)]

머리에 두건頭巾 쓰고 활짝 핀 꽃무늬 귀걸이~

눈썹 가늘고 긴 눈 오뚝한 코 오밀조밀한 입술

갸름한 얼굴 꽃목걸이 젖가슴에 닿았다

뱃살 쏙 들어가게 띠매듭을 배꼽에서 지었다

"모든 사람을 구제할 때 까지 부처佛陀[4)]가 되는 것을 미루겠습니다"

도솔산兜率山 중턱에서 나는 미끄러졌다

iv

할머니 등잔 기름을 채우고

끄트머리부터 동백冬柏 기름을 쳤을까?

세한삼우歲寒三友[5)] − 세한지우歲寒之友[6)]

선운사 꽃밭에서 사랑이 나온다

144

1) 서정주, 「선운사 동구」 부분 인용.

2) 김용택, 「선운사 동백꽃」 부분 인용.

3) 금동지장보살좌상(金銅地藏菩薩坐像): 보물 제279호

4) 부처(佛陀, 산스크리트어: बुद्ध 붓다): "깨달은 자", "눈을 뜬 자"라는 뜻.

5) 세한삼우(歲寒三友): 「추운 겨울의 세 벗」 소나무·대나무·매화나무를 묶어 비유적으로 부르는 말.

6) 세한지우(歲寒之友): 동백꽃을 추운 겨울에도 정답게 만날 수 있는 친구에 빗대어 부르기도 했다.

지영환 2004년 『시와시학』으로 작품 활동 시작. 시집 『날마다 한강을 건너는 이유』 『별처럼 사랑을 배치하고 싶다』 『대통령학』 등.

어떤 약속

최금녀

날마다 숟가락을 닦았다

연희동에서

우리들의 약속은

빈 숟가락질로 위태로웠다

내가 할 수 있는 일이란

그의 가슴과 나의 가슴에

내프킨을 깔아 놓고

숟가락을 나란히 눕히는 일이었다

어떤 약속은 그의 숟가락 위에서

어떤 약속은 나의 옷자락에서 미끄러졌다

등불 아래에서 혼자 밥을 먹었다

먹어도 먹어도 그는 돌아오지 않았고

닦아도 닦아도 나의 숟가락은 반짝이지 않았다

자정이 넘을 때마다 등불을 끄며

나는 숟가락을 버렸다

최금녀 1998년 『문예운동』 등단. 시집 『바람에게 밥 사주고 싶다』 『기둥들은 모두 새가 되었다』 등.

희망 없는 시대의 희망

최동호

눈물이 남아 있다면 우리에게

아직 희망이 있다.

인간과 기계 사이에

마지막 희망의 시가 있고

희망과 절망 사이에

꿈을 포기하지 않는 인간의 시가 있다.

눈물은 인간의 마음을

정화하는 사랑의 물방울이다.

위태로운 경계에 가까이 다가설수록

인간은 구원의

시를 가슴에 품고 살아야 한다.

최동호 1976년 시집 『황사바람』(열화당)으로 작품 활동 시작. 1979년 중앙일보 신춘문예(평론), 『현대문학』 평론 추천완료로 등단. 시집 『얼음얼굴』 『제왕나비』 『수원 남문 언덕』 등.

경계석

최문자

경기도에서 강원도로 넘어갈 때
큰 바위 하나가 서 있었다
경기도인지 강원도인지 모르지만 가끔 바람에 흔들리
면서

예전에
그 바위를 따라 걸었었다
경기도를 지나온 것처럼 바위를 지나갔고 잊었던 잘못
을 생각하며 그 고개를 넘었다

당신과 나는 바위투성이
우리는 같은 데서 같이 잠들고 같이 일어나 같은 운동
화를 신고 같은 에스프레소를 마시며
같이 산책할 때 흐린 해는 아무렇지도 않게 우리를 바
라보고 있었다.
어느 날 규격이 같은 쓰레기봉투에 각각 자기 쓰레기
를 넣고 돌아설 때
슬프게도 우리는 엄청나게 다른 쓰레기 냄새를 맡았
지……

서로가 시퍼렇게 살아 있었구나 경계면에서
큰 바위처럼
우리는 그동안 풀만 보고 서 있었다
표면에서 살고 있었다

최문자 1982년 『현대문학』 등단. 시집 『사과 사이사이 새』 『파의 목소리』
『우리가 훔친 것들이 만발한다』 『해바라기밭의 리토르넬로』 등.

바다

최성필

깃발을 휘날리려
열심히 사시더니
여기 와 계시군요

외롭다
서럽다
고통스럽다
괴로워하시더니
여기 와 계시군요

깃발도
사랑도
이별도

다 소용없는 이곳에서

바람이 부는 대로
춤을 추고 계시군요

철썩철썩

최성필 2015년 『포엠포엠』 등단. 시집 『다시 살고 싶은 날』 등.

다정의 초월성

한분순

감미로운 폭풍 속,
사랑이 부푼 듯

풍류의 낙관처럼
달고나에 별발자국

선과 악
경계를 잊어

그저
다 달콤할 뿐

한분순 1970년 서울신문 신춘문예(시조) 등단. 시집 『실내악을 위한 주제』
『시인은 하이힐을 신는다』 등.

겨울나무

한영숙

마지막 가시던 아버지 빈손처럼
훌훌 모든 걸 털어버린 나뭇가지들이
가볍다
한동안 중증 우울증으로
원형 탈모된
늙어 혼자된 십자매 한 마리,
그도 떠난 둥지에는
겨울비가 제집처럼 콕 틀어박혀 한가하게
고도리판 벌이고 있다
아직 끝나지 않은
12월,
막간을 이용해 욕심껏 광光 팔고 있는
그 떠들썩한 판에 끼어
나도 그렇게 목숨을 확 벗어던지고 싶다

한영숙 2004년 『문학 · 선』 등단. 시집 『푸른 눈』 등.

웃음도, 울음도 버리고

한영옥

공동체 마련하겠다는 논쟁이
막 끝났다, 끝난 게 아니다

회의장에서 나오는 사람들
충혈되어 있거나 혹은 웃음

사무치게 섞이기를 기도했으나
사무치지 못한 모양이다

웃음도, 울음도 버리고
멀리서 천천히 번져오는 맑음

장마철 물러설 때까지라도
끈질기게 기다려야지

한 발 디디고 멈추었다가
두 발 디디고 멈추었다가.

한영옥 1973년 『현대시학』 등단. 시집 『다시 하얗게』 『슬픔이 오시겠다는
전갈』 등.

색경色經

한이나

빛보다 어둠을 즐기기로 했다
이제 나는 어둠 속에 있기를 희망한다
가장 까만 검정색은
섭씨 천 이백도
슬픔의 불을 태운 자만이 얻는 색경이다

죽음 같은 통점,
하나도 두렵지 않다
가장 까만색을 알아버린 사람만이 얻는
색경,

나오니 삶이요 들어가니 죽음이다

노자를 읽는 밤,
허공에서 길을 찾는다

한이나 1994년 『현대시학』으로 작품 활동 시작. 시집 『물빛 식탁』『플로리안 카페에서 쓴 편지』 외 7권.

처음 만난 여자에 관한 기록

허금주

그 여자의 말은 존재의 절대적 부르짖음인가

눈을 반쯤 내려 감고 달리는 기차 창밖을 응시하는데
순간 나의 목을 두 손으로 움켜잡고 조르기 시작했다
다시 말해봐, 누가 시를 더 잘 쓴다고,
죽일 거야
늙은 여자의 타오르는 눈빛을 정면으로 마주한 순간
지독한 공포의 입김에 숨죽였던 내가 우습다
행선지가 같은 늙은 여자와 나 그리고 당신들
장난스레 불쏘시개를 던진 늙은 남자만이 어쩔 줄 몰
라 하는
창밖으로 푸르른 논과 밭, 지붕 낮은 집들이 지나가고
누구 하나 무심한 듯 침묵이 휘감은 정적
내가 품었던 살해당한 어린 생명의 언어들
그날 아무것도 먹지 않아도 복통을 앓았다
나는 얼굴을 두 손에 파묻고
이별을 고하는 언어들을 보듬고 궁구르며
내일의 시로 태어나기를 간절하게 주문 걸었다
기묘하게도 십여 년 후 신은 늙은 여자를 수거해 갔고
지칠 줄 모르는 살리에르 증후군 그 너머

천사도 악마도 아닌 수행자가 되어

날마다 무한반복으로 떠나고 돌아와야 했던 그 어디

신이 수의를 건넨 늙은 여자 속내를 훤히 들여다보고
싶을 뿐

잠시 느낀 인간애에 가벼운 미소를 보낸다

내 삶의 서른을 가로지른 기차는 오늘도 달리고

허금주 1993년 『심상』 등단. 시집 『저문 길은 나에게로 뻗어있다』 『비자림에 가고 싶다』 외 3권.

금 긋는 사람에게

허영자

금 긋기를 좋아하는 사람들이
하늘에
바다에
땅 위에
마구 금을 긋고 있다

금을 지키기 위해
줄 세운 카키색 병정들
번뜩이는 총칼
핵폭탄의 위협
저 위험한 장난

금 긋기를 좋아하는 사람들이
하양과 검정 사이
피는 꽃과 지는 꽃 사이
너와 나 사이
마구 금을 긋고 있다

금을 긋는 사람들아
금 긋기를 좋아하는 사람들아

하양과 까망이 섞이면
신비로운 어스름 달밤
피는 꽃 지는 꽃은
달디단 생명의 열매
서로 다른
너와 내가 어울리면
우리가 되지 않켄?

금을 긋는 사람들아
금 긋기를 좋아하는 사람들아

세상에는 분명히
그어야 하는 금도 있지만
세상에는 분명히
그어서는 안 되는 금
지워야 하는 금이 있지 않켄?

허영자 1962년 『현대문학』 등단. 시집 『얼음과 불꽃』 『투명에 대하여 외』 등.

무경계 | 無境界

홍사성

파도가물을떠날수없듯물도파도를떠날수없다나무가숲을떠나지않듯숲도나무를떠나지않는다등과배가하나로붙어있듯남과북도하나로붙어있다직선인듯해도곡선이듯곡선인듯해도직선이다사는것같지만죽는것이듯죽는것같지만사는것이다영원속에찰나가있듯찰나속에영원이있다사랑속에미움이있듯미움속에사랑이있다뿌리가우듬지로이어지듯우듬지는뿌리로이어진다안과밖이다른듯해도아니듯물과불도아닌듯해도그렇다

꽃과꽃잎은하나이면서둘
그대와나는둘이면서하나

홍사성 2007년 『시와시학』 등단. 시집 『내년에 사는 법』 『고마운 아침』 『터널을 지나며』 『상그릴라를 찾아서』 등.

강아지 천국

홍성란

프랑스행 유로스타 영국 검색대에서

짐 들어 올리던 직원이 흠칫, 고맙다니

트렁크 바퀴에 묻어온 반송불요返送不要 덤이었네

홍성란 1989년 중앙시조백일장 장원 등단. 시집 『황진이 별곡』 『매혹』 등.

끈

홍신선

겨울 숲에 들면 허공도 끈이란 생각이 든다
대소大小 나무들의 헐벗은 우듬지나 겨드랑이 밑
혹은 가랑이 사이로 구불구불 끈을 꿰어나간 허공은
옆 마을 상공쯤에 가 사뭇 딴 세상처럼
끈 없어지고 뭇 경계 지운 십만 억 평 광활한 하늘로
떠 있다.

이 전사田숲에 와 나는 저 구불구불한 고난이
그동안 너 제대로 살았다는 증거란 신음이나 꿰어나
가며
앉아 있노니
여기 이승 지나서는 일망무제 다음 세상 먼 천하天河에 가
수수만 분해된 얼굴들로 떠돌 마련인가.

홍신선 1965년 『시문학』 등단. 시집 『서벽당집』 『겨울섬』 『직박구리의 봄노래』 『가을 근방 가재골』 등. 연작시집 『마음경』 등.

우리들의 건너편

황학주

사랑해— 라고 말한 다음에
건너편이 생길 때까지 우리는 밀려간다
건너편까지가 아프고
그다음부터 아픔은 내 옷깃을 잡을 수 없으리

다시 건너편으로

우리는 누군가의 말을 놓치듯 살아가는 걸까
젖은 페이지가 쌓여 한 권 아린 해안이 될 때까지
건너편은 건너편, 으로

그리해서 사랑해— 라는
아침의 통화음이 울리는 건너편을
비만 남고 눈만 내리는 무렵의 낡은 전축 소리로 다녀
와 보려 한다 지직거리며

언젠가
건널목에서 잠깐 사라지는 사이 마주 오는 사람의 얇
은 그림자로 다시 나타나던
생이여

눈앞에 번번이 낙석 지는 사랑을 한 생으로 치고

가장 먼 건너편

한 사람과 또 한 사람이 시리게 마주 보는
꽝꽝 언 수평선 너머로
두 생, 세 생째를 좇아갈 수 있다

돌멩이가 두어 무더기 밀려와 앉은 뒤를 힐끗 돌아보
며 돌아보며

황학주 1987년 시집 『사람』으로 작품 활동 시작. 시집 『某月某日의 별자리』
『사랑은 살려달라고 하는 일 아니겠나』 등.

황금알 시인선